한정판 인생

실천문학 시인선 041

한정판 인생

이철경 시집

실천문학사

제1부

제2부

제3부

제4부

제1부

제1구역 재개발 골목

온기마저 잃은 쪽방 모퉁이에도 목련은 피고 지는데
독거의 아랫목은 식은 지 오래
혈기왕성했던 꽃들과 달리,
하나둘씩 생을 놓는 저 거친 삶의 종착지
고독했던 사람은 더 고독해지고
눈물지던 사람 더 큰 슬픔에 흐느끼는
인적 끊긴 봄밤의 절규가 골목마다 아우성이다

저 힘없이 고개 떨구던 꽃들은
참회의 눈물로 누군가는 서럽게 울다가
생을 놓는 일이 허다하다
제각기 변명을 바람 앞에 늘어놓으며
죽음에 대한 책임을 회피하지만,
처음 버려진 골목을 떠나지 못하는 유기견처럼
목련꽃 난자한 바닥에 깨진 달빛마저 처절하다

더없이 투명한 블랙

다리 잘린 노동자
허공에 대고
무좀을 긁으려다
멈칫, 헛손질하는
공허한 시간

지난밤 헤어진
가난한 애인만이
스타킹에 감싼 상점의
마네킹처럼
머리에 걸려 있을 뿐,

기억처럼 질긴
먹고사는 문제를
벗어나려 하지만
현실은 지독히도 악착같다

지금은 시간의 힘줄과 투쟁 중이다

작은 꿈

전공을 살려 직장을 다니고 있지만
더는 힘들겠다 싶으면,
버스가 하루 서너 번 다니는
산골짜기 촌구석으로 내려가
작은 텃밭을 가꾸며 버스 기사가 될래요

쉬엄쉬엄 어르신들 태우고
읍내 갔다가 해 떨어지기 전에
함께 집으로 돌아오는
시골 흙먼지 날리는 신작로 길을 달리며
뽕짝 노래도 틀어 드리고
가끔 흘러간 노래 들려 드리며
추억 여행을 떠나는 버스를 운전할 테요

마을마다 굴뚝에 연기 피어오르고
서산에 노을 질 때는
오래전 사랑했던 당신을 그리며

눈물 훔칠 테요

혹시나 그대, 멀고도 먼 두메산골 이곳

날 찾아온다면

산골 버스에 날개 달아

천국도 보여 줄 수 있다오

곱게 늙으신 어르신처럼

어느 날 불쑥 당신이 찾아와 준다면,

일용할 양식

집단 농장 같은 강제수용소에서
종일 일하다 허기진 한 끼로 배를 채우며
행복을 느낀 적이 있다
그 알량한 음식물이 흘러 들어가면
고단과 나른함에 잠들어도 좋았다

칠흑같이 캄캄한 비 오는 새벽
홀로 아궁이에 왕겨를 넣고
연신 풍로에 풀무질을 해야만 했다
어느 날은 왕겨가 비에 젖어
불이 붙다가 불씨는 꺼져 버렸다
일곱 살 어린 소년은 풀무질하다,
잔혹동화 이야기처럼 깊은 잠에 빠져들었다

그날 아침, 수십 명의 일용할 양식은
강냉이 상태 그대로였다
비가 내리는 아침에도
별이 보인다는 걸 그때 처음 알았다

순례자의 길

뙤약볕을 걷다 보면

고추잠자리 맴돌던 길가에 차이던 낮은 들꽃

이제 막 조막만 한 푸른 열매들

걸을 때마다 귓불에 스치는 바람 소리

진도 강아지 소리, 두엄 냄새

달콤한 꽃향기, 나팔꽃 도라지꽃

걸어야만 오감으로 느낄 수 있는 순례길

남도 뜨거운 열기는 걸음을 저지하지만

볕이 들지 않는 산기슭 걸을 때

작은 바람에도 얼마나 고마웠는지,

이 뜨겁게 타들어 가는 순례길에서 만난

지천에 핀 이름 모를 꽃이 환하게 반기는 것 같아

형형색색 들꽃에 자꾸만 눈길 가네

꽃들이 만발한 계절에 사라진 너의 영혼처럼

순례길 옆 꽃밭에도 흰나비는 보이질 않네

저 들판에 핀 나팔꽃과 산딸기는 봐주는 이 없어도

스스로 피고 지는 자연의 경이

폭염에도 꽃 피고 보란 듯이 홀로 치열하네

살아 있다면, 저 꽃보다 아름다울 그대들

진도 백동의 무궁화동산에 다다른 기억의 숲,

삼백여 은행나무에서 너를 보았네

기억의 숲 푯말에 피로 써 내려간

너무나 사랑한다고 외치던 메아리 없는 언어의 무덤,

바람에 환청처럼 들려오는 작은 꽃들의 웃음소리

그곳에 걸린 어미의 피맺힌 그리움

"사랑해! 사랑해! 너무 너무 사랑해!"

푯말에 글들이 심장에 박혀 자리를 뜰 수 없네

기억의 숲 안개 걷히는 들녘을 바라보며

기억하는 자만이 진실을 볼 수 있음을 어렴풋이 알았네

싱글 대디

소나기 쏟아지는 날이었나
빗소리 들으며 취해 가던 밤,
거나하게 취한 친구를 택시에 태워 보내고
보슬비 내리는 골목을 홀로 걸었네
시나브로 빗방울 굵어져
처마 밑에 쭈그리고 앉아
오는 비 그치기만 기다렸네
기다려도 오지 않을 그녀는 오간 데 없고
굵어진 빗방울은 폭우로 변했네

우산도 없이 비에 젖은
처지를 생각하니
우울이 비처럼 스며들며 눈가를 적시네
인적이 드문 밤, 홀로 서러이 어깨를 들썩이다
우산 들고 마중 나온 둘째 딸이
처마 밑에 주저앉은 아비를 보았네
늦은 밤, 처음으로 아비의 들썩이는 어깨를

일으켜 세우며 함께 소리 없이 흐느끼던

늦가을 비 내리는 귀갓길

빈자貧者의 시선

코로나19가 전 세계적으로 창궐할 때,
부자는 휴양지로 피신하고 멋진 풍경을 뒤로한 채
휴식을 취하는 사진을 SNS에 올렸다
가난한 도시 빈곤층은 대책 없이 감염되어
영문도 모른 채, 살처분되는 돼지처럼
집단 매장 순서대로 무덤 앞에 기다린다

미 제국주의에 의한 지나친 방위비 분담금 요구도
과거사 반성을 외면한 식민주의에 함몰된 일본에
국가 간 공정이나 평등을 말하지 않겠다

돈이 힘이 되는 자본의 사회에서
일용직이나 빈민층은 고액의 사채에 허덕인다
기술이 미천한 자는 새벽시장을 전전하며
일용직으로 최소한의 목숨을 연명한다

빈번한 공사 현장 화재 참사는 대다수 일용직

하찮은 죽음으로 내몰리는 하루벌이 비애

자본의 이 땅에서 빈곤에 고통받는 비정규직 노동자,

영문도 모른 채, 살처분되는 돼지처럼

집단 매장 순서대로 무덤 앞에 기다린다

시인是認

세상을 구하려는 돈키호테처럼
너무 맑던지 추하던지,
양면성을 지닌 슬픈 존재의 시인
권력 지향적이며
실상은 아무것도 없는 나약한 존재
평생 미열 같은 정신병을 앓는 사회부적응 집단
세상에 분개하다 여느 날 변절한 애인처럼
사상의 돌변도
시인에겐 종종 발생하네
캄캄한 바다를 항해하는 철없는 이상주의자

한때의 열정도 상심의 길로 접어들면
고립무원 세상을 등지고
아무도 모르게 홀연히 길을 떠나네
진정한 시인은 풍요와 거리가 먼
사막을 횡단하는 고행의 수도자 걸음
회오리가 은빛 모랫길 지우고

시인마저 신기루처럼 사라져 버리기도,

나도 어느 날엔가 사라질 것이네

경계선

낡고 허름한 골목길 지나
언젠가는 마주쳤던 젊은 날의 뒷모습
참회로 눈물지던 찬란한 날들
마을 어귀의 천 년 된 느티나무는 알지

간간이 산화된 붉은 양철지붕 위로
치열하게 생의 끄트머리를 부여잡던
오그라든 감이 낮달처럼 떠 있는 곳
현실은 언제나 꿈만 같던 추억이었네

이승을 빠져나온 영혼이
생소한 풍경으로 빨려 들어가네
저승길 마차가 돌부리에 부딪히며
저음의 일정한 떨림, 그 장엄한 소리
비장한 음악처럼 흔들리는 떨림은
공간을 가르며 영혼의 무게와 공명하네

불안으로 요동치는 심장의 박동 소리

칼끝

목에 칼이 들어와도 불의한 권력을 비판하고, 약자를 대변하고, 신의 진실을 전하는 자, 이들을 시인이라 한다.

한국 시인 대다수가 진정한 시인의 역할을 수행하고 있는가? 아니, 나 자신이 진정한 시인이라 할 수 있는가? 한때는 독재 권력의 시녀 같은 반민족 친일문학상을 중단시키느라 동료 시인들에게 손가락질 받기도 하고, 어느 문학단체의 직선제를 주창하다 십여 페이지에 달하는 반박과 협박성 글을 받기도 했다. 지금은 어떤가? 친일문학상은 중단됐고, 어느 문학단체는 직선제로 돌아섰다. 그렇다면 나는 칼을 무서워하지 않을까? 나는 날카로운 칼끝이 무섭다. 낚싯바늘처럼 뾰족한 첨단이 무섭다.

어스름 달빛 흐르는 방, 문 앞에 선 내게 Y는 날카로운 칼을 던진다. 미닫이에 꽂힌 칼을 뽑아 건네길 수십 차례, 죽음의 공포는 그렇게 장난기와 함께 오기도 한다. 그 막막한 어둠 속, 날카로운 칼끝이 막다른 문에 부딪히며 번득이는 찰나의 빛과 소리에 칼보다 작아지는 나를 내려다보고 있었다.

우리는 모두 칼끝의 두려움에 놓여 있다. 소속 단체의 칼끝, 궁핍한 굴레로 되돌아갈 칼끝, 사회 안전망에서 비껴 있는 칼끝, 바이러스 창궐의 칼끝, 검사가 휘두르는 망나니 칼끝, 거짓 뉴스에 실린 칼끝, 거대 제국주의 칼끝, 우리는 모두 막다른 미닫이에 기대어 던지는 칼날을 피하며 하루하루 근근이 사는 것이다. 미소를 띠며 던진 칼날에 심장이 찔려 피 흘리다 죽는 경우를 무수히 목격한다.

부재

누구도 쉽게 찾아갈 수 없는 깊은 산골 어드메
초가집 짓고 사슴 눈 닮은 당신과 살고 싶네
마디마디 가냘픈 손마다 그 주름 사이로
흙 묻지 않도록 씻겨 주고 보듬고 싶네
눈 쌓인 산길이라도 한나절 걸어 장터로 나가
참조기 한 두름과 고운 발 감싸 줄 버선 사겠네

긴긴밤 한겨울이거나 밤이 긴 꿈속이거나
순박한 당신과 함께라면,
나의 밤은 꿈결처럼 안식을 취할 수 있겠네
굴뚝에 연기 피어오르는 산골의 소박한 밥상엔
방 한편 화로에서 종일 지지던 구수한 찌개 올라오고
방 안 가득 아득한 옛일 같은 시골 내음 진동하겠네

눈이 푹푹 빠지는 겨울날 당신이 부르시면,
나도 눈 속에 빠져 꿈속에 빠져
영원히 깨어나지 않아도 당신과 함께라면 행복하겠네.

깊은 산속 당신과 함께 살다 아무도 모르게
잠결처럼 죽어도 나는 행복하겠네

인생의 무게

네팔 넘어가기 전, 콜카타 가는 길
지난밤 예약한 호텔 지도를 보니 7km 전방,
역전에서 멀었으나 할인율 좋은 호텔로 걷다가
하우라브리지 건너 꽃시장 지날 즈음, 사이클 릭샤 탔네

간밤엔 침대칸에서 흔들리며 장거리 이동한 탓에
무겁고 큰 55kg 배낭에 기댄 채,
설핏 잠들다 흔들림에 깨어 보니
까만 얼굴 기사는 하우라 강바람을 맞으며
페달을 밟다 지쳤는지 걷는 속도보다 느려지네

아침이라 바쁠 것도 없고 쉬엄쉬엄
지나치는 하우라시장 풍경을 바라보고 있는 사이
늙은 기사가 아픈지 돌부리에도 페달 밟을 힘조차 없네
초로의 지친 사내 등을 안쓰럽게 보다가
늙은 환자 같은 기사를 좌석에 태우고 페달을 밟았네

가엾은 노인을 실었을 뿐인데

배낭 메고 호텔 찾아가는 수고보다

적은 금액의 릭샤를 빌려 하루 운동 다 했네

멀어져 가는 릭샤를 보니,

앙상한 새 한 마리 큰 마차를 위태롭게 물고 가네.

한정판 인생

국가나 조직에서 입력된 명령에 따라 새벽이면 일어나 일
과를 시작하지요 저녁이면 퇴근길 한잔의 술도 할 수 있는
어느 정도 자유와, 스스로 판단하여 입력된 정보를 벗어날
수 있는 휴머니즘 로봇입니다 국가나 소속된 단체의 명령을
받아 부조리나 잘못된 명령에도 감정 없는 동료처럼 묵인하
고 눈감고 귀 막은 벌레처럼 살 수 없는 한정판 로봇입니다
때에 따라서는 몸에 기름칠하고 일용한 양식을 투입해 주
던 조직의 명령도 거부할 수 있도록 입력되어 난관에 봉착
하기도 합니다 나를 조종하는 조직에 사표를 던지고 로봇에
게 어울리지 않는 휴머니즘에 고심하고 똑같은 사고 비슷한
사유에 대해 거부하기도 했지요 모두가 침묵하는 최상의 안
정된 조직에서 나의 몸부림은 그들을 화들짝 놀라게 했습니
다 그들은 휴머니즘이 탑재된 나의 두뇌에 바이러스가 침입
하여 동료들에게 삽시간에 퍼질 거라 우려했지요 덜떨어진
완장 찬 로봇들은 길목마다 바이러스 치료제를 매설해 놓고
기다렸습니다 나는 잠시 생각합니다 휴머니즘이 탑재된 부
분을 분리하여 스스로 한 단계 낮추리라 다짐하며 한정된

공간에 같은 생각 비슷한 목소리 흉내를 내 볼까 했지요 그
러나 이미 바이러스가 번진 휴머니즘이 탑재된 뇌와 심장은
그것마저 거부하며 잘못된 명령을 거부합니다

허기에 대한 단상

삶은 돼지비계처럼 비릿하거나
잔칫날 적선한 돼지비계처럼
고소하기도 하였다
기름기라곤, 마을 잔치 외에는
들어찰 리 만무한 위벽은
귤껍질처럼 얇았다

그 얇은 풍선에 기름을 부으면
어김없이 부글거린다
그나마 남아 있던 위 속,

섬모의 기름마저도
깨끗하게 쓸려 나왔다

그날은 돼지가 일 년에 한두 번
요단강 건넌다던 설이나 한가위

제2부

밤 열차

늦은 시간 남루한 사내가
노약자석에서 졸고 있다
내릴 곳을 잃었는지
이따금씩 초점 잃은 눈빛으로
부평초마냥 공간을 흐른다
저 중년의 사내,
삼십 분 전
의자 난간을 부여잡고
흐느끼는 어깨를 보았다
저 꺾인 날개의 들썩임
전철도 부르르 떨면서
목 놓아 우는구나
중년의 무게에 짓눌린
밤 열차도 흐느끼며 뉘엿뉘엿
남태령 넘는구나

생명의 전화

지난밤 술 마시고 귀가 중,
전철에서 잠들어 다시 되돌아오다가
늦은 시간 중간 기착지에서 멈춰 버렸네
이미 버스도 끊겨 택시를 잡으려다
시간만 무심하게 흘러가 버린 심야
어쩔 수 없이 밤길을 걷네
비 오는 한강대교 건너다
검은 강물이 일렁이는 난간 위에서
한참을 내려다보았네!
비바람이 불고 인적인 끊긴 심야,
나는 이 세상에 내 의지와 상관없이
던져진 존재의 슬픔에 맞닥뜨리게 되었네
한강을 내려다보며 취기인지
물속 끌어당기는 시마(詩魔)인지
현기증을 느껴야만 했다네
그때, 단단히 정신 줄 놓지 않는 희망은
아직 돌봐야 하는 두 고양이
집사로서 숭고한 부양의 의무였다네

바람의 감각

바람은 비 오는 걸
처마 밑, 비 냄새로 알아채고
소리를 들으며 잠든다

바람은 호숫가 앉아
물결치는 비늘을 심장으로 보다가
햇살에 찔리기도 한다

바람은 구름에 갇힌 햇살보다
작은 발로 구름을 밀어 햇살을 뚫고
새처럼 날기 위해 존재한다

어느 날은 호숫가 물 위를
유유히 걷기도 하고
청둥오리처럼 가로질러 날기도 한다

어둠이 구름처럼 몰려와

비가 내리면 바람은 비 냄새를 맡듯,

심장으로 울었다

판공초*

물위의 새벽녘은
또 얼마나 신비로운 전율인가

숨 막히게 에로틱한 밤하늘
그 몽환적인 실루엣,

검은 눈동자의 찬란한 시선
그 빛나던 블랙의 에로틱

그대를 감싼 매혹적인 공간의 신비

불현듯 당신을 평생 사랑할 거란 생각이 들었다

---

* Lake Phangong, 인도 라다크 해발 4000미터에 위치한 소금 호수.

장롱 속 아이

계절이 지나가는 어느 해 늦가을
무엇이 그리 바빴는지
이듬해 봄 펼친 이불에서 나온 기저귀
바싹 마른 기저귀가 지난해
무심코 개킨 겨울 이불에서 나왔네
여전히 쉽게 가시지 않는
박제된 슬픔처럼
다소곳이 담겨 있었네
볕이 좋은 어느 봄날,
여전히 작은 아이

슬픔 달고 아장아장 장롱 속 걷고 있네

내 삶의 전부가 시

일과가 끝날 무렵
전기 끊긴 바람인형같이
다소곳한 시간,
서둘러 빠져나간 공장엔
소란스러운 정적이 감돈다

태엽 풀린 오르골처럼
침묵이 흐른 후에야
물먹은 솜덩이에
풀린 바람을 불어넣는다

차가운 알코올이
물보다 쉽게 넘어가는
목메는 늑대의 시간이 다가오자,
한때는 내가 시인인 줄 알았다

홈리스

도시 한복판 가장 비싼 공간을

무단으로 점유한

자유라는 저 사내,

해가 들지 않는 지하보도 길옆에

하루 한 번씩

집을 짓고 부순다

행상

홀로 선잠 깨어 보니
서산에 노을마저 사라진 공간
바람에 뛰놀던 나무 그림자
온데간데없는 땅거미 지는 적막강산

낡아 빠진 폐허의 골목엔
줄곧 비루한 삶이 서성거렸지
해 지고 어둠이 내리는 경계의 시간

빠진 틀니 같은 가로등 드문드문 켜지면
멀리 지친 당신의 머리 위로
붉은 아우라가 달처럼 떠올랐네

남루한 당신의 모습에서도
달만치 높게 떠 있는 환한 미소가
내게 달려오곤 했던

환한 달덩이 같은 삶의 열정

구비섬

방치된 차에 온기를 불어넣고 길을 나선다.
해안선 따라 남으로 가는 길
물결에 부딪히며 난사되는
은빛 햇살이 눈부시게 빛난다
햇볕은 따뜻했지만 겨울바람은
셔터 누르는 손짓을 훼방 놓으며
움츠리게 한다
저 멀리 사내가 지평선 끝
방파제 위를 홀로 걷고 있다
세찬 바람이 발길을 막아서지만
사내는 아랑곳하지 않고
홀로 서 있는 등대로 향한다
저 사내의 종착지는 어디일까,
등대 안인지, 바닷속인지
사내는 말이 없을 뿐
바람만 윙윙거리며 사내와 함께
울면서 흔들리는 오후 한낮이었다.

매향리 해안가 주인 잃은 배들이

풀밭에 매인 늙은 소처럼 다소곳이 앉아

때로는 배 바닥을 드러낸 채

유기견처럼 긁힌 자국들로 볼썽사납다

구멍 난 갑판 위 갈매기가 햇살을 핥으며

바다로 떠난 어부의 소식을 기다리는 시간

저 갈매기는 알 것이다

밤마다 폭죽 터지는 사격장 불놀이를,

사내가 방파제 끝 등대에서

이내 사라지고 바람만 세차게 불어온다.

내력

나쁜 시력도 집단생활을 청산한 후에야
안경을 맞출 수 있었듯
유년의 단체생활은 지병을 만드네
종일 노동에 시달리던 시절,
일을 마친 후 강가 먹 감다가
어린 나이에 한쪽 귀를 잃은 후
난청과 이명은 나의 삶

몰려오는 파도에 터지기도
뺨 맞은 타격으로 터지기도
비행 중 기압에 터지기도
그럴 때마다 고막이 뚫리고 재생되길 수차례
참 많은 우여곡절의
수난사를 내 귀는 기억하네

잦은 이명과 어지럼증은
피곤할 때마다 흘러내리는 귓속의 눈물

사는 건, 고통을 안고 상처를 핥으며
아무도 모르게 아무렇지도 않은 듯,
살아내는 것이라 하네
생채기를 내는 이물질이
세월 흘러 진주가 될 때까지
고통이 찬란한 빛을 발할 때까지

미스타페오*

떨어지는 낙엽이 반복될수록
정신과 몸이 떨어졌다 일상으로
되돌아오기 더디다
안경에 의지한 눈
떨어지는 청력
분노의 칫솔질에 닳고 마모되는 시간들
소싯적 몇 날 밤새다
잠깐 눈 붙이면 회복했던 몸이
덜거덕거리는 틀니처럼
점점 영혼과 육체가 벌어지는 틈
온전히 분리되는 날,
나의 영혼은 요단강 건너리라

지난 세월을 되돌아보면
나스카피 인디언처럼

---

* Mistapeo. 나의 친구, 위대한 사람이라는 뜻.

심장 속 불멸의 내적 동반자인

내 영혼 나의 친구와

일정한 긴장으로 간격을 유지했다

얼마나 다행스러운 일인가

작은 아이

허기가 다반사인 부랑아 같은 집단 농장 시절이었나?
그 추운 겨울날 새벽 소젖을 짜서
우유 차에 실려 보내고 돌아오는 길
시장 통 지나다 허기를 달래려 주워 먹거나
쓰레기통에 버려진 상한 음식을 먹던
하이에나 같은 시절,
남의 과수원에 몰래 들어가
농약이 묻은 파란 독 사과를 훔쳐 먹거나
달빛 흐르는 수박밭 들어가
설익은 수박을 깨며 서리하던
고약하고 불쌍한 시절이 있었네
누구나가 아닌, 누구도 쉽게 경험하지 못할
기억은 굳어진 화석처럼 한편에 담겨 있네

이 글은 읽는 그대, 어느 날은 미담의 주인공처럼
천사로 빙의되어 저 어린 생명을 보듬어 주게나

작은 아이가 이 땅에 살아남을 수 있도록,

언 강

눈 덮인 북한강 서성이다
저 강 너머
나루터 바라보며
이제나 저제나
언제면 데리러 올까
기다리던 작은 아이,

바람의 위안에 눈물 흘리던
유년의 차가운 윗목

그림자

비 내리는 밤길 걷다가
불 켜진 버스 정류장에서
내 뒤를 따라오는
작은 아이를 보았지

잠시, 멈추어 서서
가로등 불빛에 난사되는
신기루 같은 아이에게
말, 걸어 보았네

그는 아무 말 않고
가다 서기를 반복하며
홀로 걷는 내게 보폭을 맞추며

중년까지 따라올 기세네

제3부

겨울 강가에 내리는 눈물

흐르는 물만이 기억하는
오래전 어느 해 겨울,
당신은
다시 오마 언약 후
안개 너머 사라졌네
흐르던 물길마저
세월에 지워지듯
해 뜨면 신기루 같은 이슬처럼
사무친 언약도 잊히고 말았네
뱃길 잃은 오래된 풍경

나룻배는
지워진 약속처럼
기억의 풍경에 머무를 뿐,

강변 갈대숲 사이를 떠날 줄 모르네

무진 동산

안개 속 길 잃은 어린 승냥이
불안의 연속이던 그날들
새벽별도 숨어 버린 캄캄한 새벽녘
날마다 하루를 어찌 감당할지
두려움에 눈이 떠지던 나날들

흐릿한 안개 걷힐 줄 모르는 곳
희망도 믿음도 다 삼킨 무진 동산
새치름히 몰려오는 그 안개 속
숨 막혀 바닥에 납작 웅크린
가엾은 승냥이 새끼였네

막막한 늪은 끝날 줄 모르고
견디며 숨죽여 두리번거릴 때
숨 막히던 자욱한 안개
서서히 걷히고 있었네
이내, 바람 불어오고 햇살 쏟아져

붉은 가을이 눈앞에 펼쳐지던

불안한 시절의 어느 해, 무진

절체절명

전철 타고 집으로 향하는 길

마른하늘에 번개 치듯 배 아파 오며

옴짝달싹하기 힘든 긴박한 상황

에스컬레이터 계단 한 칸이

지붕 높이 절벽 같은

겨우겨우 발을 옮겨 상층부 화장실 향하는 길

갑자기 젊은 남자가

에스컬레이터 앞을 막아섰네

발을 잘못 떼면 쏟아질 것 같은

숨 쉬기 힘든 절체절명의 순간,

"제발 한 번만 피해 주세요"

눈물로 호소하듯 애걸했으나

끝내 막아서며 새카맣게 속을 태웠네

얼굴이 하얗다 못해 시퍼렇게 질려 가는 시간

십 년보다 긴 지옥과 맞닥뜨렸네

불행 중 다행 불상사 없이 볼일 보며 생각하길,

그 사람 마주치면 죽여 버릴 심사네

아침 뉴스를 보니,
촌각을 다투는 구급차 막아선 택시기사
고의 접촉사고를 낸 정황까지 밝혀지고
택시기사는 구속영장 발부됐다네
뉴스 속 택시 기사 그때 그 지하철
길 막은 자와 체구가 비슷하여 마스크를 벗겨 보니
그때 에스컬레이터 위에서 길 막던 사람

사라진 길

석양이 지는 폐와호수 위
하늘을 나는 새를 보았지
바람을 가르며 길을 내던
작은 새를 보았지
저물녘까지 호수 위
새들의 길

셔터를 누르고 나니
어느새 호수도 전설처럼
어둠 속 사라지고
긴 그림자도 호수에 묻히네

그 사이,
내 존재도 사라지네

상흔

오래전 몽둥이로 서너 시간 넘게

죽음의 문턱까지 폭력에 노출된 적이 있다

높다란 미루나무가 픽픽 쓰러지고

자갈이 바위로 변하며 몸이 개미만 해지던 순간,

K를 피해 살아남기 위해 강물로 뛰어들다

가라앉던 기억이 있다

실신한 채 물가로 끌려나와 한참을 방치됐다

머리는 여러 곳 터져서 피가 낭자하고

뙤약볕에 달궈진 자갈밭에 흘러나온 피가 말라 가던 시간

누군가 신고로 강 건너 경찰이 오고 왁자지껄한 순간

깨어났다 다시 정신을 잃고 깊은 잠에 빠져들었다

강가에서 영문도 모른 채, 무자비한 폭력에

팔이 부러지고 뇌진탕에 피를 많이 흘려

사흘 밤낮을 토하며 앞이 보이지 않았다

한동안 지구가 빙빙 돌다 잠이 들면 멈추던

그때, 겨우 살아나 훗날 들리는 소문에 의하면

원생 출신 외부인 K는 삼청교육대 끌려갔다

정신이상자 되어 퇴소 후 끝내,

한겨울 소도시에서 동사했다는 소식을 들었다

폭력에 가담한 또 다른 원생 출신 J는

폐결핵 요양으로 한여름 내내 강변에 움막 짓고

지나가는 개를 잡아먹다, 칼바람 부는 겨울날

마른 동태 되어 얼어 죽었다

내 나이 어릴 적, K는 폐병쟁이 J를 낫게 하려고

움막 옆 펄펄 끓는 가마솥에 넣으려 했는지

그때 머리에 난 상처처럼

기억 속 상흔이 여전히 지워지지 않는다

기억의 투구

추억을 곱씹는 나이를 인정할 수 없지만
해 지고 비 오면 오래전 기억에 빠져드네
혼란하고 힘들던 시절,
그때는 세월이 흐르면 행복할 거라 생각했네
어쭙잖은 희망을 품고 현실을 잊고자 했지
세월은 흘러, 너무나 많이 흘러
까마득한 옛 기억은 상처만이 남고
화장한 재를 뿌리듯 망각의 강에 뿌렸네
비가 내리는 창가에 앉아
오지 않을 행복을 기다리며 상처의 기억을 더듬거릴 때
창틀로 젖은 날개 털며 벌레가 다가왔지
내리치는 빗줄기에 찢긴 날개로
기어오를 기력도 없이 쓰러지듯 앉더니,
"지금 많이 행복하냐고"
……아무 말 할 수 없었네
발버둥 치며 벌레처럼 살지 않으려 했지만
날갯짓하면 이내 세찬 바람 불어와

꺾어 버리고야 말았네

삶은 반전의 연속이듯 주위를 맴돌며

현실의 비참이 나락으로 끌어내렸네

비에 젖은 벌레의 몰골로 주변을 살펴보니

이제는 가진 게 아무것도 없는

딱딱하게 경직된 외피만이 덩그러니 앉아 있네

아무도 가까이하지 않는 빈 껍질의 존재,

그 존재의 서러움이 진물처럼 흐르는 웅크린

딱정벌레 한 마리

단 한 명뿐인 세상의 모든 김지영에게

— 어느 싱글 맘 이야기

추운 겨울 새벽에 일어나 기저귀를 갈고 우유를 먹이고 아직 보내기 힘든 유치원에 어린 두 아이를 냉기가 찬 뒷좌석에 앉히고 15분 거리의 유치원으로 향한다. 아무도 출근하지 않은 이른 아침, 수위실에 부탁하여 두 아이를 던지듯 맡겨 두고 1시간 거리의 회사로 향한다. 업무가 끝나기 무섭게 과속을 하여 도착하면 이미 선생들도 퇴근한 유치원엔 두 아이만 덩그러니 방치되기를 두어 달, 조금이라도 늦으면 원장은 이제 더는 봐주기 힘들다고 말한다. 어쩔 수 없이 지인에게 거액을 주고 맡겼지만, 아이들 생활은 상처받은 영혼이 되어 간다. 거기에도 육아를 부탁할 수 없어서 또다시 집으로 데려와 아파트 단지 내 유아원에 보내고서야 한시름 놓는다. 그사이에 우울증이 심해져서 두 달도 안 되어 10kg이 빠지고 영혼이 혼미해지는 상황이다. 얼마나 울었으면 더는 눈물이 나오지 않을 즈음, 두 아이를 차에 태워 함께 그만 끝내려고 한다. 삶이 나락으로 떨어지고 밑바닥에 처박히는 상황은 영화에서도 일어난다, 현실 속 장면만이 아니다. 회사에서 공무원처럼 정시 퇴근은 좋은 시선일 수 없다. 회사를 그만두고 한동안 아이와 함께하며 다른 회사를 찾아봐야 한다. 이때 정말 누군가에게 "나 좀 제발 살려 줘"라고 절규하고 싶었지만, 누구에게도 말할 수 없다. 큰아이가 여섯 살까지 엄마와 여탕에 갔으나 유치원 친구를 욕탕에서 만나곤 더는 가지 않고 집에서 씻긴다. 아이 둘과 공원에 가면 쓸데없는 질문을 한다. "애 아빠는 어디 가고 엄마만 왔어?" "잘생겼는데 아빠 닮았구나, 아빠는 무슨 일 하시니?" 이런 질문을 들을 때마다 엄마는 상관없지만, 아이에겐 상처로 쌓여 간다. 영화 속 장면에서 김지영이 외할머니로 빙의하여 엄마에게 "지영아 그러지 마……" 할 때, 참았던 눈물이 쏟아진다.

아빠 찬스

6개월 만에 입사 합격 통지서를 받은 딸에게
3년간 선물 받아 지녀 온 백화점 상품권을 건네자
잔뜩 산 옷을 장롱에 쟁여 놓고
안 입는 옷을 정리하여 버렸다네
여기까지 코로나19로 힘든 당신 집과 다를 바 없는 일상.

둘째 딸 핸드폰이 옷과 함께
길거리 재활용 수거함에 빨려 들어가
안마해 주기 카드와 맞바꾼 아빠 찬스,
수거함에 기재된 전화번호는 2G 번호라 오래된 불통
백만 원 넘는 최신 핸드폰보다 벌금이 적길 바라며
은행 털 때 요긴한 절단기와 자물통 사 갔네

재활용 수거함 자물쇠 보니,
일반 절단기로 자를 수 없는 꼴통
다행히 옷통이 꽉 차서
손이 닿지 않는 바닥에 떨어지진 않았네

안마 받듯 수거함 옆에 고양이 자세로 엎드려
아빠를 밟고 꺼내라 했다네
등짝에 참새 같은 까치발로 올라 한참 손을 휘젓더니
쾌재와 함께 핸드폰을 꺼냈네

어두운 가로등 아래, 마스크 쓴 특수절도단 부녀가
절단기 들고 심장 발작 짓누르며
용접기로 수거함 구멍 뚫을 뻔했네.

얼굴

별빛이 무한히 흐르는 밤하늘을
함께 바라보던 모호한 시공
이따금 늑대별이 컹컹거리는
캄캄한 우주 속 밤길

수만 가지 총천연색 빛줄기가
서로 견주듯 쏟아져 내리는 밤, 당신의 얼굴이
허블 망원경보다 일억 배 이상
근접 촬영하듯 명료했네

은하수가 밤하늘에 반짝이며
황홀한 지구 별을 밝히는
그날 밤,

소혹성 B612를 타고 여행하다
심장이 요동치듯 넘실거리는
시공의 무한한 환상을 경험하고 있었네

꿈속이었네

중력

시 토론 모임을 이끌어 오던 K시인이
2차 뇌종양 수술 후
악화된 증상의 회복을 위해
쫑파티 이후, 무기한 쉬기로 했네
함께했던 아름다운 시절만이
절실한 기억으로 남는 건 아닌 듯,
방귀가 오직 살아 있는 사람의
내장에서 만들어지는 가스인 것처럼
고통과 분노 허무를 공유하며
서로의 상처를 보듬는 시간이었네
K시인이 쓰러지거나 주저앉더라도
살아 있으므로 위안이 되었네
잠시 자리를 비운 사이,
바닥에 쓰러져 일어나려 안간힘 쓰는
K시인을 보았네
수시로 넘어지고 의지와 상관없이
끌어당기는 중력이 무섭게 느껴지는 순간,

시시포스 신화처럼 쉼 없이 넘어져도

또다시 일어설 날을 고대하네

세빙細氷

매년 12월 25일은 대통령 각하 하사품을 받는 날, 일 년 중, 유일하게 비스킷과 사탕과 껌 그리고 초콜릿을 한꺼번에 다 얻을 수 있는 날이다 아이들은 자기 얼굴만 한 선물세트를 받고 세상에서 가장 행복한 함박웃음을 짓는 날이다 그러나 내 것을 다 먹기도 전에 나이 많은 자에게 빼앗기기도 하고, 숨겨 놓았다 잃어버리기도 한다 폭력이 일상화된 단체 수용자는 전부가 허기지고 모두가 굶주렸다

한겨울 북한강은 날마다 얼고, 얼지 않은 날은 새벽마다 안개를 몰고 쳐들어왔다 저 강이 얼면 넘어가리라 다짐하지만, 끝내 강을 건너지 못한다 나룻배가 움직이지 못하는 날은 이쪽 강변과 저쪽 너머에 새매처럼 감시의 눈이 있었기 때문이다 안개 자욱한 날이면 또 누군가 강 건너 읍내로 가출을 하고, 일부는 밀항하듯 넘다가 다시 잡혀 오곤 했다 그런 날은 숨쉬기 힘들 정도의 폭력과 고문이 뒤따랐다

칼바람 부는 산등선을 돌아 땔감을 지고 내려올 때, 나뭇

가지에 붙은 얼음 조각이 햇살에 반짝이며 환장하게 아름다운 풍경을 자아냈다 어린 마음에 꿈결을 걷듯 한참을 보고 있노라면 손과 발이 동상으로 벌겋게 퉁퉁 부어오르고 봄 햇살이 내리쬐는 3월이 되서야 얼었던 손발도 녹았다 산다는 것은 견디는 것, 언제까지 견딜 수 있는지 참고 또 참는 인고의 세월이다

퇴역 장군

푸른 산 맑은 물 빛나는 화천
첩첩산중 두메산골
도시에서 멀리 떨어진 전방 산속은
가까이 휴전선 아래
실향민 화전민이 내려와
정착하여 군락을 이루고 있는 산골

시골 소도시엔 한물 간 작부들이
불나방처럼 홍등가로 모여들었지
젊은 날, 대도시에서 술 팔다
산골까지 흘러 들어온 퇴역 장군

나이 든 누나 손에 이끌려
이제 막 이십 대에 접어든
혈기 왕성한 젊은 병사의 순정이
추풍낙엽처럼 떨어지던 곳,

내 친구 왕성기는 열 살 누나의

손에 이끌려 청춘을 담보로

아이 셋 낳고 퇴역 장군과 행복한 가정을 꾸리고 있다네

아비뇽의 여인들*

간밤 유곽에 들어가

네댓 명의 여인들과 질펀한 난장을 벌인다

상상 속 황홀하고 에로틱한 밤이다

투명한 옷은 선녀의 날개보다 아름다웠고

부드러운 감촉은 솜사탕처럼 달콤하다

당신의 벗들이 옷을 벗기고

위선과 슬픔과 고통의 모든 욕망을 벗긴다

그녀의 손이 온몸으로 스칠 때마다

긴 한숨에 일제히 일어섰다 사그라진다

세포가 숨을 내쉴 때마다 아득하다

살과 뼈가 타는 향연이 지나자,

은빛 촛대로 장식된 상상의 방엔

비파 소리에 액자 속 무희가 걸어온다

그때 잠시 침대에 누워 있다가 설핏 잠이 들었던가?

깨어 보니, 일장춘몽

---

* 파블로 피카소의 그림 (Les Demoiselles d'Avignon)

호칭의 변천사
— 시집 발간 축하 행사에서 만난 첫 대면의 변화무쌍한
호칭법

♀ 선생님 안녕하세요 반갑습니다 김아무라고 합니다

♂ 네 안녕하세요 박머시기라고 합니다

서너 잔 술이 들어가면,

♀ 박 선배님 요즘 시의 경향이 어떻습니까

♂ 네, 김 후배님 이제는 미래파는 가고 서정시가 대세 아
닐까요?

서너 병을 비운 뒤,

♀ 박가야, 자네는 언제 등단했냐? 중언부언하지 말고 십
년이 넘었는데 시가 왜 이래?

♂ 김 씨 아주마이 자네 기분 나빠! 나보다 나이 많다고 선
배한테 개기는 거야?

♀ 야이 새끼야 네가 시를 잘 쓰면 얼마나 잘 쓴다고 지랄
이야?

♂ 나이는 똥구녕으로 묵었냐? 시 쓰지 마! 새끼야!

택시가 끊긴 후 2차로 가서 ♀ ♂ 둘이 술 마시다 치고 박고 싸운다 코피도 난다 다음 날 이들은 잘 들어갔냐고 안부를 물으며, 다시 처음 자리에 앉던 호칭으로 되돌아간다

♀ 박 선생님 어제 제가 실수 없었지요? 조만간 또 뵙겠습니다

♂ 김 선생님 어제 만나서 반가웠습니다 하곤, 전화를 끊는 중에 팔뚝에 피맺힌 이빨 자국 선명하다

쳇바퀴

다뉴브강의 잔물결에서
사의 찬미 듣다가 그날이 오면
바람과 나에게로 설정된 오토리버스
기억의 저편에 저장된
한물간 노래가
다소곳이 담긴 어쭙잖은 희망

멀고 먼 공간 이동에
고단한 길, 빵조각 뿌리듯
되돌아가려면 중독된 노래보다 좋은 건 없다
마녀 사는 동네에 긴 시간 머물다
집으로 향하는 시간은 언제나 녹초
그래도 일상에 지쳐 죽다 살아 나가는 쳇바퀴

새벽별 보고 나가
새벽에 보았던 별을 헤며 되돌아가는 길
도시의 불빛 아득히 느껴질 때

수없이 많은 모래알보다
하찮은 중년의 등 뒤에 흐르는 삶의 찬미

하찮은 아이를 좋아했던
그 소녀는 잘 있는지
새벽별처럼 반짝이던 눈동자는
여전히 은하수처럼 빛나고 있는지,
짐짝 같은 전철에서 내리자 겨울비 내리네

제4부

신의 분노

히말라야 데우랄리 가는 길엔
거대한 바위산이 하늘 높이 솟아 있다
안나푸르나 베이스캠프 향하는
고원의 꽃들은 생태에 적응하며
화려하지 않은 꽃봉오리로 겸손하다
저 거대한 산맥 사이를
걷는 사람들은 종종 망각한다.
자연 앞에 놓인 인간이
얼마나 하찮고 보잘것없는 피조물인지,
때로는 자연 앞에서 잊어버린다
저 들꽃 같은 마음이 아닌
정복하려는 황제의 깃발처럼
자연 앞에 거만한 행차를 한다면
신의 노여움은 필연이다
이 세상에 신은 없는 듯하지만,
가끔 자신들의 존재를 드러내기도 한다

머나먼 길

거리의 그 많던 비둘기는
생이 다하면
어디에서 죽는 걸까
오래전 은하계 모함으로
매머드 집단 자살처럼
비둘기 무덤도
우리가 알지 못하는 곳에 있을까

비둘기 떠나간 이곳엔
혼돈의 새벽처럼
박쥐가 활개를 치겠지
광화문 네거리의
자유롭던 비둘기는
지금쯤 어디를 비행하고 있을까

푸른 연못

잿빛 하늘에 눈발이 흩날리는
찬 바람 몰아치는
북해도 아사히카와 지역 연못 주변
서늘한 죽음의 광채가
연기처럼 피어난다
만년설 쌓인 거대한 산 아래 연못 속,
시퍼렇게 질린 죽어 가는 나무를 보았다

아, 시퍼런 죽음의 참혹한 향연!
흐느끼는 절규가
감전된 전봇대마냥 윙윙거릴 때,

서너 달 자유로운 전업 시인을 청산하고
허리까지 차오르는
속박의 푸른 연못으로 향한다
에메랄드빛 자본의 연못
지척의 만년설 끝내 밟지 못하고

허리가 잠긴 나무처럼

푸른 연못 속으로 들어가고 있었다

시골 장터 좌판

금관의 여왕이 머물던 왕년의 의자인가
빛나던 권좌에서 떨어진 그녀는
터를 뒤로한 채,
좌판의 구석진 모퉁이에
쭈그리고 앉는다
허리춤 깊숙이 숨겨 놓은
왕년의 꿈이 담긴 전대에서
궐련을 꺼내 말아 피운다
한 모금씩 필 때마다 쭈그러진 입에서
순백의 꿈들이 허공으로 사라진다
회상 속 추억이 뭉게구름처럼
덧없이 흘러간다
저기 잠시 권좌를 비운 사이,

붉은 대야 안, 가득 담긴 다슬기가 아우성이다

누 떼

고독이 불편한 자의 눈은
무리 지어 다니는 누 떼와
비슷한 눈빛을 가지고 태어나지

읍내 이발소에 걸려 있는
사파리 풍경과 일치하는
유년의 기억
세월이 가도 기억은
말라비틀어진 나무 송진처럼
송곳니에 목이 물려 흐르던 진물

북한강 나룻배, 그 겨울 언덕,
주머니 속 구슬
반짝이던 나무에서 떨어지던 은빛 비늘

삶은 결코 아름답지 않은
다시 오지 않을 머나먼 초베강 유역
아, 그 절체절명 상처의 나날들

기별

푸르게 빛나던 이끼 낀 바위 사이로
강물은 휘감아 흘러가고
피라미는 순식간에 빠져나갔지
깊은 물, 계곡 돌아 흐르던
푸른 안개는 여전히 피어오르는데
한낮의 뜨겁던 강변 미루나무는
하늘 끝 빙빙 돌아
허기진 현기증만큼이나 높아만 갔지

흐르고 흘러서 오리라던 기별은
얼음이 쩌엉 쩌엉 소리 내 울 때까지
봄이 다 가도 감감하네
더 이상 얼 수 없는, 울 수 없는 계절 오면
차마 당신 찾아올까

그 미루나무 뿌리가 새끼를 치고
피라미가 어미를 낳아도

강물이 범람하여 상류로 역류해도

강산이 여러 번 바뀌어도 봄은 오지 않았네

국민학교

겨울이 다가올 무렵,
운동장에 흰 눈이 푹푹 내리고
4교시가 오기도 전,
교실 가득히 데워지는 밥 내음
난로에 갈탄을 넣고
양은 도시락을 번갈아 올려놓지만
새까맣게 타는 일도 부지기수
산골 아이들은 가져온
고구마 감자를 구우며
우리의 겨울은
수업보다 추억 쌓기에
눈 내리는 줄 몰랐네
마가린을 두른 도시락 밑,
김치와 계란말이는 누구의 것도 아닌
우리 모두의 추억
눈이 팡팡 내리고 운동장 동무들은
눈송이처럼 동글동글해졌다네.

짝사랑

모든 사물에는
적정거리가 있다
가장 적합한 거리를
유지해야만
그 사물이
아름답게 보이는 것처럼,
피사체가 앵글에 스며들 때
적당한 노출과
적절한 초점은
일정한 거리에 의해
더 아름답게
최적의 상태를 유지한다
너무 끌어당기거나
너무 멀리 잡으면
온전한 아름다움을
표현할 수 없다

이 광활한 우주

그대와 나의 거리는

달과 지구 공간만큼

가깝다

하지정맥류

도봉산역 앞 하이힐 비너스
발걸음 뒤따르게 되었네
아찔한 찰나,
시선을 강탈당한 후
정색하고 내 다리를 보았네

뭉툭한 장딴지에
살모사 같은 굵은 핏줄이
하산 길 잔뜩 부풀었네.

검푸른 핏줄 튀어나올 기세네

퇴근길

노동을 마치고 집으로 향하는 길은

출근 거리보다 멀다

가도 가도 끝없는 진창길

발목 아래 흘러내리는 생의 무게

걸을 때마다 땅속에 빠져든다

전철이 덜컹거릴 때마다

울대에 고여 있는 울음이 울렁거린다

모두가 하나씩 꿈을 슬며시 놓고 가는 사람들,

그 사람들 속에 우울한 허밍을 듣는다

어찌하여 산다는 건 이리 힘들고

어쩌다가 자꾸만 오그라드는가

때로는 음악에 리듬을 타려 하지만

한없이 늘어지는 노래가

심연의 나락으로 끌어당긴다.

갑자기 억눌린 꿈들이 팡팡 터진다

내 것이 아닌 열망이여 방랑자여

당신의 숲

당신을 인식한 어느 해 가을
낙엽이 떨어질 무렵,
언제나 있는 듯 없는 듯
폐허인 당신의 공간은
계절보다 일찍 낙엽 떨어지고
찬바람이 불어오는
내면의 공간이었다
무수히 많은 관계에서
그대에게 나는 없어도 무방한
하찮은 존재
간간이 바람 불어와
스치기만 해도
부서질 것만 같은
깃털보다 가벼운 존재
연약한 먼지 같은 무위,
그 존재의 슬픔이 깃든 공간에서
나는 한참을 추스르곤 했다

당신 없는 공간에서,

그때는 왜 그리 골방의 빛처럼 희미했는지

쉬이 어둠이 내리는 숲속처럼

무서운 골짜기였다

여전히 당신의 숲은 어둡고 암울하다

남주

"처절하게 살다 간 시인의 초상
민중을 사랑한 시인의 영혼"*

피로 물든 민주 묘역
붉은 띠 두른 채 잠든 남주 묘소에
장미 한 송이 놓고
남해 돌던 어느 해 여름,

페달 밟아 도착한 해남 봉학리 마을에
시인의 동생 김덕종 농민 있었네
생가 옆 우물 안 들여다보니
긴긴 밤, 시를 써 내려간
"학살"이 쩌렁쩌렁 울리네

피맺힌 자유여! 이 땅의 통일이여!

---

* 김남주 묘비명

1984* 속편

감시자 빅 브라더 로봇은
인간 위에 군림하여 2084년 5월
계엄령으로 오세아니아 시민의 집단 사살 명령한다.
핏빛 노을 진 가로등 위
페퍼 포그에 실신한 비둘기가 대로변에 떨어지자,
총부리에 착검된 날카로운 대검에 찔려 피가 솟구치거나
계엄군 로봇 군홧발에 짓이겨 터진 창자가 드러나거나
학살 지시에 장갑차에 깔려 죽거나
총탄에 날아간 팔뚝이 저만치서 신음하거나
헬기에서 기총 난사 총알에 픽픽 쓰러지거나
무자비한 곤봉으로 내리친 두개골이 부서진 채
해가 지도록 아비규환이었다.
빅 브라더 로봇군은 기록에도 없는
무연고자로 분류되는 민주시민 시신을
어디론가 끌고 가 암매장하고

---

* 조지 오웰의 디스토피아 소설 『1984』

훼손하고 태우고 저수지에 버렸다는 소문이 파다했다.
온갖 악행을 저지르고 발뺌하는 빅 브라더,
국가 폭력을 당한 증인들은
대명천지 천인공노한 집단 살해를
극악무도한 만행을 백 년이 흘러도 잊지 못한다
살아남은 자들에게 선량한 시민을 빨갱이로 몰아
네트워크 시스템 감시로 영혼을 황폐하게 억압한다.

꿈

기술연구소에 충원할

삼십 대 초반의 젊은 친구 면접 봤다

일 년간 경력 단절된 이유 물어보자

꿈을 좇아서 실현하고 싶었으나

그 꿈은 너무 멀리 있다는 걸 깨닫고

다시 회사를 알아보는 중이라 한다

그 꿈이 무엇이냐 물으니,

소설을 쓰고 싶다고 했다

내가 말했다

꿈과 현실은 종이 한 장 차이니

포기하지 말고 반드시 이루길 바란다고,

현실이 궁핍하면

소설가의 꿈도 멀어지니

직장 생활 영위하며

한 걸음씩 걸어가면 좋겠다고 했다

면접이 끝난 후,

인사부에 그 친구 연봉 협상하여

출근 가능 날짜를 잡아 달라고 했다

무서운 안부

술 취해 뒷골목 화장실 찾다가
열어젖힌 후미진 주점 소우(少雨)
홀을 지키는 마담은 서너 번 바뀌었지만
젊은 날 손님이 장년의 손님이 되어도
부르던 노래는 여전하다
협소한 주점 안,
대여섯이 다닥다닥 마주 앉아
처음 본 손님들이 노래하다
술잔을 부딪치며 명함을 교환하는 곳
일어서면 부딪힐 것 같은 낮은 천장엔
세계 각국의 지폐가 노랫가락에 춤추던 곳
방음 효과로 토굴같이 허름한 아지트엔
고성도 불편치 않다
청승맞은 노래를 다 같이
따라 부르며 취해 가던 그날들,
불온한 시절에도 하찮은 애인과
간간이 들렀던 소우,

다시 가 보고 싶다던 친구가

세 번째 뇌수술 들어갔다는 소식 후

연락이 끊겼다

주점에 앉아 노래 따라 부르다

세 번째 수술 후 연락이 끊긴

그의 안부가 무섭게 궁금한 밤이다

해설 · 시인의 말

허기와 기억의 숲

이경호(문학평론가)

1. 허기의 시인

이철경의 시세계를 관류하는 가장 큰 주제는 '허기'이다. 첫 번째 시집『단 한 명뿐인 세상의 모든 그녀』를 대표할 만한 "생옹이"(「마룻바닥 밑에서」)의 이미지를 이끌어낸 것도 허기이며, 두 번째 시집『죽은 사회의 시인들』을 대표할 만한 "폐렴의 상흔"(「흔적에 대한 보고서」)의 이미지를 착상하게 만든 원동력도 허기이다. 그리고 4년 만에 출간되는 세 번째 시집에서도 허기의 자취는 사라지지 않아서「허기에 대한 단상」이라는 제목을 가진 작품이 수록되어 있을 정도다. 따라서 이철경을 '허기의 시인'이라고 불러도 좋을 듯하다.

그렇다면 이철경의 시세계에서 허기가 지속적인 추동력을 발휘하는 까닭은 무엇일까? 첫 번째 이유로 꼽을 수 있는 것은 허기가 유년의 가혹한 원체험으로 자리 잡아 그의 시세계는 물론이거니와 삶을 이끌어 가는 견인차 역할까지 감당하고 있다는 점이다. 유년의 허기를 성인의 현재 삶으로 소환하는 매개체는 두말할 나위도 없이 '기억'이다. 기억이 삶에 미치는 영향력의 완강함이나 집요함은 저승에서조차도 이승의 기억을 되살려내는 신화의 내용에서 입증된다. 그러한 신화의 주인공은 므네모시네라는 기억의 여신인데 그녀는 저승을 흐르는 망각의 강 레테와 대별되는 '기억의 강'을 주관하고 있다. 그런가 하면 기억이 시를 비롯한 예술세계에 미치는 압도적인 영향력은 므네모시네 여신과 신들의 제왕인 제우스 사이에서 태어난 아홉 명의 여신이 바로 문학과 예술을 주관하는 무사(뮤즈)라는 사실에서도 입증이 된다.

2. 생옹이와 폐렴의 상흔

이번에 펴낸 세 번째 시집과 관련하여 이전에 출간된 두 권의 시집에서 유년의 원체험을 소환한 기억이 "생옹이"와 "폐렴의 상흔"이라는 이미지들을 빚어낸 사실도 주목할 필요가 있다. 그 이유는 두 이미지들이 세 번째 시집의 중요한 변화를 암시해 줄 만한 단서를 내포하고 있기 때문이다. 먼저 "생옹이"의 이미지부터 살펴보도록 하자.

"생옹이"는 옹이의 둘레가 매우 단단하고 질긴 속성을 가진 상태를 가리키는 낱말이다. 그리고 "옹이"는 나무에 있다가 잘려나간 나뭇가지의 흔적을 가리키는 용어이다. 말

하자면 그것은 나뭇가지의 상처인 셈이다. 이철경도 그 상처의 흔적을 주목하고, 첫 시집에서 "허기진 아이들의/얼굴에는/마루 밑바닥에/생옹이 박히듯/응어리 하나씩 담겨 있다"(「마룻바닥 밑에서」)고 유년 시절의 허기가 빚어냈던 고통의 상처를 표현했던 것이다. 단단하고 질긴 고통의 상처를 "생옹이"나 "응어리"라고 묘사한 셈이다. 그런데 놀랍게도 "옹이"나 "생옹이"는 다른 속성을 간직하고 있기도 하다. 이철경은 그 속성을 "옹이구멍"에서 찾아내고 있다. "옹이"나 "생옹이"와 달리 "옹이구멍"은 허기의 상처를 다른 존재 가치로 변화시켜 놓는다.

옹이구멍으로
햇살이 스며들자
뒤틀린 나무구멍 밑에는
버려지거나 잃어버린 물건들이
꿈틀거린다
　　—「마룻바닥 밑에서」부분(『단 한 명뿐인 세상의 모든 그녀』)

　마룻바닥 밑에 도사리고 있던 "버려지거나 잃어버린 물건들"은 "옹이구멍으로/햇살이 스며들자" 갑자기 낯선 세계의 대상들로 반짝이는 모습을 보여 준다. 시의 화자는 그런 모습을 "꿈틀거린다"라고 규정한다. 이 꿈틀거림이야말로 새로 펴내는 세 번째 시집에서 집중적으로 제시되고 있는 허기의 새로운 모습을 보여 주는 속성이다. 이 새로운 허기의 모습, 꿈틀거리는 낯선 모습이 드러나는 현상에 결정적으로 기여한 것은 "햇살"이었다. 옹이구멍으로 스며든 햇살이 지금까지 잊고 살았거나 "잃어버린 물건들"을 새로운 주목의 대상으로 부각시켜 주고 있는 셈이다. 그렇다면 옹이를 옹이구멍으로 변화시키면서 고통의 대상이나 흔적을 다른 존재의 꿈틀거림으로 부각시켜 주는 삶의 이치는 무엇일까? 그것은 바로 '소통'이거나 '관계맺음'이다. 허기의 고통을 오로지 '나'라는 개인의 삶의 조건으로 고립시켜 놓을 때 허기의 고통은 "생옹이"의 상처로 각인되었었다. 그런데 허기의 고통을 옹이구멍의 열린 조건 속으로 밀어 넣을 때 허기의 고통은 새로운 존재의 속성을 꿈틀거림으로 보여주게 되었다. 우리는 잠시 후에 세 번째 시집에서 전개되는 새로운 허기의 꿈틀거림을 목도하게 될 것이다.

이철경의 두 번째 시집에서 유년 시절의 원체험을 허기의 고통에 대한 기억으로 되살려놓은 대표적인 이미지는 "폐렴의 상흔"이었다고 앞에서 지적한 바 있다. 그런데 폐렴의 상흔에서도 세 번째 시집에서 제시될 새로운 허기의 꿈틀거림과 연관된 단서를 찾아볼 수가 있다.

> 유년의 한쪽 모퉁이
> X-Ray에 선명하게 찍힌 폐렴의 상흔이
> 깊은 숨을 헐떡인다

짧은 봄 햇살 아래 새끼 고양이처럼

처마 밑에 졸고 있던 아이는

또래의 하굣길을 바라본다

약으로 허기를 때우는 점심나절

담장 아래서 일어난다는 것 자체가 두려움이다

파란 하늘이 갑자기 캄캄한 암흑의 소용돌이로

아찔하던, 그 찰나의 빈혈은 차라리 희열이다

검은 터널의 겨울이 가고

가뭄에 허덕이던 어지럼증처럼

내 잠에 비가 내리면

세상은 그나마 이스트가 첨가된 빵처럼 부풀어 오른다

　　　　　—「흔적에 대한 보고서」부분(『죽은 사회의 시인들』)

　이 작품에서 허기의 꿈틀거림을 만들어내는 단서는 앉아서 "졸고 있던" 자세를 "일어난다는 것 자체가 두려움"인 줄 알면서도 몸을 일으켜 세우는 동작으로 바꾸어 보는 몸짓에서 생겨나고 있다. 몸을 일으켜 세울 때 허기가 만들어냈던 폐렴의 증상은 "캄캄한 암흑의 소용돌이로/아찔"한 "찰나의 빈혈"을 만들어낸다. 그것은 폐렴의 상흔이 초래한 절정의 고통이자 부작용으로 보인다. 그런데 놀랍게도 그런 허기의 고통과 부작용 속에서 "차라리 희열"이 탄생한다. 그때 빈혈이 초래한 어지럼증은 마치 마룻장에 옹이구멍으로 스며든 햇살이 마룻바닥에 잃어버렸던 물건들의 모양을 낯설면서도 신비롭게 부각시킨 효과처럼 눈앞의 세상을 "이스트가 첨가된 빵처럼 부풀어 오"르게 만들어 준다. 이때의 부풀어 오르는 현상이야말로 허기의 꿈틀거림을 보여 준 것으로 해석할 수 있다. 결국 주저앉아 있던 무기력의 자세로부터 벌떡 일어서는 모험의 자세가 허기의 꿈틀거림을 빚어낸 셈이다. 이렇듯 허기가 초래한 고립의 세계로부터 옹이구멍을 통해서 소통의 세계로 나아가는 시선과, 어지럼증을 통해서 무기력의 세계로부터 희열의 세계로 나아가는 몸짓이 세 번째 시집에서는 개인의 삶을 집단의 삶으로 나아가게 만드는 원동력으로 작용하게 된다.

3. 허기의 이동과 확장-기억 연대

앞에서도 언급했듯이 세 번째 시집에서도 허기에 대한 집착은 선연하게 노출되어 있다. 그런데 주목할 점은 허기가 개인의 고립된 삶의 문제로 다루어지는 데 머무르지 않고 개인과 집단의 갈등 문제로, 또는 집단이 처한 사회현실의 문제로 확장되고 있다는 사실이다.

> 오래전 북한강변에서 몽둥이로 서너 시간 넘게
> 죽음의 문턱까지 폭력에 노출된 적이 있다
> 높다란 미루나무가 픽픽 쓰러지고
> 자갈이 바위로 변하며 몸이 개미만 해지던 순간,

K를 피해 살아남기 위해 강물로 뛰어들다
가라앉던 기억이 있다

(중략)

그때, 겨우 살아나 훗날 들리는 소문에 의하면
원생 출신 외부인 K는 삼청교육대로 끌려갔다
정신이상자 되어 퇴소 후 끝내,
한겨울 소도시에서 동사했다는 소식을 들었다
폭력에 가담한 또 다른 원생 출신 J는
폐결핵 요양으로 한여름 내내 강변에 움막 짓고
지나가는 개를 잡아먹다, 칼바람 부는 겨울날
마른 동태 되어 얼어 죽었다
내 나이 어릴 적, K는 폐병쟁이 J를 낫게 하려고
움막 옆 펄펄 끓는 가마솥에 넣으려 했는지
그때 머리에 난 상처처럼
기억 속 상흔이 여전히 지워지지 않는다

— 「상흔」 부분

이 작품에서 유년의 원체험이 기억으로 남겨 준 허기의 "상흔"은 개인의 울타리에 갇혀 있지 않아서 체험을 나눈 이웃들에 대한 기억으로 확장되고 있다. 시의 화자를 유년 시절에 "몽둥이로 서너 시간 넘게" 때렸던 "원생 출신 외부인 K"가 시의 전반부에서는 상호대립적인 관계로 설정되었으나 후반부에 이르면 화자와 같은 폭력의 희생자로 제시되고 있다. 게다가 종반부에 이르면 K가 "폐병쟁이 J"를 배려하는 마음가짐까지 언급되어 있기도 하다. 이러한 인간관계는 고립되어 있던 개인의 삶을 타인들의 영역과 소통하게 만들어 준다. 나의 상처 속에 고립되어 있던 기억의 허기가 타인의 상처 속으로 스며들어 '기억 연대(連帶)'의 꿈틀거림을 이끌어내는 역할을 수행하게 된 셈이다.

4. 현재 세계와의 소통

개인끼리 나누었던 상처의 연대감은 유년 시절의 원체험에 대한 기억을 뛰어넘어 현재 상황으로 부각되는 주목할 만한 변화를 수반할 때도 있다.

> 햇볕은 따뜻했지만 겨울바람은
> 셔터 누르는 손짓을 훼방 놓으며
> 움츠리게 한다
> 저 멀리 사내가 지평선 끝
> 방파제 위를 홀로 걷고 있다
> 세찬 바람이 발길을 막아서지만
> 사내는 아랑곳하지 않고
> 홀로 서 있는 등대로 향한다
> 저 사내의 종착지는 어디일까,
> 등대 안인지, 바닷속인지

사내는 말이 없을 뿐

바람만 윙윙거리며 사내와 함께

울면서 흔들리는 오후 한낮이었다.

매향리 해안가 주인 잃은 배들이

풀밭에 매인 늙은 소처럼 다소곳이 앉아

때로는 배 바닥을 드러낸 채

유기견처럼 긁힌 자국들로 볼썽사납다

구멍 난 갑판 위 갈매기가 햇살을 핥으며

바다로 떠난 어부의 소식을 기다리는 시간

저 갈매기는 알 것이다

밤마다 폭죽 터지는 사격장 불놀이를,

—「구비섬」부분

이 작품에서 시적 화자의 관심이나 시선을 상징하는 카
메라 "셔터"는 자신의 내면이나 개인적인 과거의 체험을 향
하고 있지 않다. 시적 화자의 시선은 "저 멀리 사내"라는 타
자의 모습을 응시하고 있다. 그 모습은 현재의 세계에 속한
것이기도 하다. 바꾸어 말해서 시인 이철경은 유년 시절의
원체험에 갇혀 있던 자신의 기억이나 관심을 현재 세계에
속한 타자를 향하여 열어 놓은 셈이다. 이제 자신의 과거를
곱씹으며 확인했던 허기의 고통과 상처는 타자와의 유대감
을 확인할 수 있는 현실적 매개체를 포착해내고 있기도 하
다. 시적 화자와 타자의 상처를 교감하게 만드는 매개체는

바로 "매향리"라는 지명에서 암시되고 있다. 분단과 외세의 역사적 상처를 상징하는 "매향리"야말로 시적 화자와 사내의 상처를 품으며 확장하는 삶의 터전으로 제시되고 있는 것이다. "밤마다 폭죽 터지는 사격장 불놀이"가 만들어내는 집단의 역사적 상처가 개인의 상처와 소통하는 상황 속에서 이철경은 허기의 꿈틀거림이 나아갈 삶의 이정표를 찾아낸 셈이다. 그러나 아직 그 이정표는 "저 멀리" 자리 잡은 모양으로만 제시되어 있다. 시적 화자는 "저 사내의 종착지는 어디일까"라는 호기심을 토로하는 상태에 머무르고 있는 것이다. 그런 점에서 "매향리 해안가 주인 잃은 배들"이 드러내고 있는 "유기견처럼 긁힌 자국들로 볼썽사"나운 현실의 상처를 찾아 순례를 떠나는 이철경의 발길을 좀 더 확인해 볼 필요가 있다.

5. 집단과 자연의 현실로 나아가는 순례길

온기마저 잃은 쪽방 모퉁이에도 목련은 피고 지는데
독거의 아랫목은 식은 지 오래
혈기왕성했던 꽃들과 달리,
하나둘씩 생을 놓는 저 거친 삶의 종착지
고독했던 사람은 더 고독해지고
눈물지던 사람 더 큰 슬픔에 흐느끼는
인적 끊긴 봄밤의 절규가 골목마다 아우성이다

저 힘없이 고개 떨구던 꽃들은

참회의 눈물로 누군가는 서럽게 울다가

생을 놓는 일이 허다하다

제각기 변명을 바람 앞에 늘어놓으며

죽음에 대한 책임을 회피하지만,

처음 버려진 골목을 떠나지 못하는 유기견처럼

목련꽃 난자한 바닥에 깨진 달빛마저 처절하다

　　　　　　　　　─「제1구역 재개발 골목」전문

　매향리가 역사적 현실의 상처를 대표하는 공간이라면 인용된 시편의 제목인 "제1구역 재개발 골목"은 경제적 현실의 상처를 대표하는 공간으로 포착되었다. 그런데 이 작품에서 주목할 점은 현실의 상처를 감당하는 주체가 개인이나 집단의 인간으로 한정되지 않고 자연과 어울리거나 대비되고 있다는 사실이다. 허기의 고통이나 상처라는 원체험에 대한 기억으로부터 소환되는 대상들은 이제 시인 자신의 삶의 영역을 넘어서 타자의 생은 물론이거니와 소외된 집단의 현실뿐만 아니라 자연의 영역으로까지 확장되고 있는 것이다. 이 작품에서 "목련"으로 대표되는 자연은 "재개발 골목"의 "쪽방"에 거주하는 빈민들의 삶과 대비되거나 하나로 결합하면서 허기의 꿈틀거림을 구현하는 효과를 만들어내고 있다. 시의 초반부에서 "독거의 아랫목은 식은 지 오래"라는 표현으로 도시 빈민의 체념적인 삶의 분위기를

"혈기왕성했던 꽃들"의 분위기와 대비시켜 나갈 듯하던 시의 흐름은 "저 거친 삶의 종착지"와 "봄밤의 절규가 골목마다 아우성이다"에서 적극적인 저항의 분위기 속으로 함께 나아가는 변화를 보여 준다. "버려진 유기견" 같은 인간과 낙화의 자연이 하나의 몸가짐으로 결합하는 순간이다.

이철경의 허기의 원체험에 대한 기억은 이처럼 과거에서 현재로, 그리고 개인으로부터 집단과 자연을 포괄하는 영역에 대한 실천적 상상력으로 변화하며 확장되어 가고 있다. 그렇다면 그렇게 확장되는 행로를 다음의 시편에서처럼 "순례자의 길"이라고 불러 보면 어떨까?

6. 기억의 숲

걸어야만 오감으로 느낄 수 있는 순례길
남도 뜨거운 열기는 걸음을 저지하지만
볕이 들지 않는 산기슭 걸을 때
작은 바람에도 얼마나 고마웠는지,
이 뜨겁게 타들어 가는 순례길에서 만난
지천에 핀 이름 모를 꽃이 환하게 반기는 것 같아
형형색색 들꽃에 자꾸만 눈길 가네
꽃들이 만발한 계절에 사라진 너의 영혼처럼
순례길 옆 꽃밭에도 흰나비는 보이질 않네
저 들판에 핀 나팔꽃과 산딸기는 봐주는 이 없어도

스스로 피고 지는 자연의 경이

폭염에도 꽃 피고 보란 듯이 홀로 치열하네

살아 있다면, 저 꽃보다 아름다울 그대들

진도 백동의 무궁화동산에 다다른 기억의 숲,

삼백여 은행나무에서 너를 보았네

기억의 숲 푯말에 피로 써 내려간

너무나 사랑한다고 외치던 메아리 없는 언어의 무덤,

바람에 환청처럼 들려오는 작은 꽃들의 웃음소리

그곳에 걸린 어미의 피맺힌 그리움

(중략)

기억의 숲 안개 걷히는 들녘을 바라보며

기억하는 자만이 진실을 볼 수 있음을 어렴풋이 알았네

　　　　　　　　　　　　　　　　　—「순례자의 길」부분

　이철경이 나아가는 순례자의 길에는 자연의 지체들에 대
한 고마움과 반가움으로 삶의 어두운 현실이 빚어낸 슬픔
과 절망을 이겨내는 과정이 펼쳐져 있다. 현실에 대한 슬
픔과 절망은 세월호와 함께 목숨을 잃어버린 영혼들로 인
하여 생겨난 것이다. 사실 이 순례자의 길은 조문과 진혼의
분위기에 휩싸여 어둡고 무거워야 자연스러울 것이다. 하
지만 시의 화자는 조문과 진혼의 분위기를 대신하여 "꽃 피
고 보란 듯이 홀로 치열"한 자연의 생명력을 부여해 놓고
있다. 비록 어린 목숨들은 사라졌으나 "기억의 숲"이 그들

의 영혼을 "삼백여 은행나무"의 모습으로 되살려 놓은 것이다. 어린 영혼들을 기억의 숲에 되살려 놓은 원동력은 "어미의 피맺힌 그리움"이기도 하다. 자연의 생명력이 어머니의 모성애와 포개지면서 기억의 꿈틀거림을 활용하여 그들의 '부재'를 '현존'으로 역전시켜 놓은 셈이다.

이철경의 허기가 나아가는 순례길 한복판에는 이처럼 '기억의 숲'이 놓여 있다. 그 숲에는 유년의 허기를 초래한 원체험이 가장 깊은 뿌리로 자리 잡고 있으며, 그 뿌리는 개인과 집단의 현실이 뿜어내는 슬픔과 고통의 수액들을 빨아들여 나무줄기와 푸른 이파리로 울창하게 자라나고 있다. 자연의 숲이 허기의 슬픔과 고통을 견뎌낼 만한 생명의 원동력을 제공해 주고 있는 셈이다. 이제 자연의 원동력을 충전한 이철경의 시 쓰기는 어느 곳으로 나아갈까? 마치 '천형(天刑)'처럼 유년의 허기를 원체험으로 삼은 시적 상상력이 새롭게 부려낼 현실 세계가 궁금하다.

시인의 말

　나의 시 쓰기는 과거 기억의 시적 형상화를 현실에 빗대어 문학적 치유를 보여주고자 한다. 상처받은 영혼, 슬픔의 흔적을 따라가는 여정에서 자아에 대한 성찰과 희망의 가치를 추구한다. 한국 사회는 실용주의 미명하에 무한 경쟁과 물질 만능에 함몰된 정신의 빈곤으로 약자를 밟고 오르는 집단 이기주의가 팽배하다. 또한 급격한 산업화는 미처 따라가지 못한 삭막한 정신의 피폐함으로 소시민의 일상에 또 다른 상처를 불러온다. 현실의 부조리에 타협하지 않고 진리를 향해, 망망대해를 항해하는 글쓰기의 여정이 허무하고 헛된 일이나, 가치 있는 일이라 끊임없이 이어나갈 것이다. 이러한 詩作활동이 나의 정신적 치유와 독자의 유대를 이끌어내 詩文學의 작은 획을 긋고자 한다.

2020년 8월
이철경

실천문학시인선 041
한정판 인생

2020년 8월 31일 1판 1쇄 인쇄
2020년 8월 31일 1판 1쇄 펴냄

지은이   이철경
펴낸이   윤한룡
편집   김은경
디자인   윤려하
관리·영업   이소연

펴낸곳   (주)실천문학
등록   10-1221호(1995.10.26)
주소   남양주시 퇴계원읍 퇴계원로 52 405호
전화   02-322-2161~3
팩스   02-322-2166
홈페이지   www.silcheon.com

ⓒ 이철경, 2020

ISBN 978-89-392-3053-8 03810